Le Roman de Renart

FichesdeLecture.com

Le Roman de Renart (Fiche de lecture)

I. INTRODUCTION

Le Roman de Renart est un recueil de récits médiévaux datés des XIIe et XIIIe siècles, et qui mettent en scène des animaux dans le rôle d'humains, à l'image de la tradition de la fable depuis l'Antiquité. Composé d'environ vingt-six récits appelés « branches », on ne connaît que quelques auteurs (dont Pierre de Saint-Cloud) parmi la vingtaine qui aurait écrit le récit d'ensemble, un récit qui n'est lié ni chronologiquement ni logiquement, rendant difficile son unification.

D'ailleurs, les branches ne sont réunies en recueils qu'au XIIIe siècle. D'un recueil à l'autre, les longueurs et la distribution des branches diffèrent, et l'œuvre si populaire apparaît aussi comme constamment en mouvement. Renart le goupil reste toutefois le héros incontesté de cet ensemble de récits.

II. RÉSUMÉ DE L'ŒUVRE

Groupe I

L'auteur Pierre de Saint-Cloud nous raconte la guerre entre Renart et le loup Ysengrin. Renart essaie en vain de soudoyer Chantecler, Tibert ou encore Tiécelin. Le goupil parvient dans la tanière du loup et maltraite ses louveteaux tout en séduisant la louve Hersent, qu'il viole sous les yeux d'Ysengrin.

Le loup maltraite sa femme en représailles et part à la cour du roi Noble pour demander justice. Le lion essaie de trouver une solution à la situation. Plusieurs personnages interviennent : Musart, le légat du Pape, mais aussi Brichemer le cerf et le sanglier Baucent, ces deux derniers se rangeant du côté de Renart. L'ours Brun se range du côté du loup. Brichemer opte pour que Renart se justifie devant Roonel, un chien qu'Ysengrin tente de manipuler pour attraper Renart. Mais la manœuvre échoue et Renart n'a que le temps de s'enfuir, une meute de chiens à ses trousses.

Renart erre en quête de nourriture. Puis il rencontre Tibert, qui est pris pour un diable par un prêtre. Le goupil cherche à dérober de la nourriture à des poissonniers, et il fait le mort pour les tromper. Ysengrin surgit au même moment, attiré par l'odeur des anguilles. Renart parvient à lui verser de l'eau bouillante sur le crâne. Puis le loup, suite à une manœuvre de son ennemi, voit sa queue emprisonnée dans de l'eau glacée, et il est frappé par des paysans.

Renart tombe dans un puits, et réussit à en sortir tout en y attirant le loup, à qui il a fait croire qu'il était au paradis. Les moines frappent Ysengrin.

Renart et le chat Tibert vivent bien des aventures en s'introduisant dans un cellier : le chat perd sa queue, et le renard rate son coq.

Le roi lion Noble décide de juger Renart devant sa Cour, car le goupil a mangé la poule Coupée. On envoie deux émissaires au terrier de Renart : Brun et Tibert. Mais l'ours est détourné de sa route par péché de gourmandise, et le second pour des souris... C'est finalement Grimbert qui parvient à amener Renart devant la Cour du Roi. Il est condamné à la pendaison, mais parvient à s'enfuir.

Groupe II

Renart a échappé à Roonel et Brichemer, deux messagers du Roi. Il s'est réfugié dans son château de Maupertuis. Un jour que le Roi est tombé gravement malade, Renart est appelé à l'aide. Il réunit des herbes pour soigner son cousin et vole d'ailleurs « l'aliboron » à un pèlerin, dans le but aussi de faire croire qu'il arrive de Salerne. Il manque de faire tuer Tibert en proposant un remède nécessitant un bout de chat, mais ce dernier s'échappe. Renart accomplit sa mission et rentre avec deux nouveaux châteaux comme récompense.

Il est encore accusé et battu en duel par Ysengrin. Renart n'est finalement sauvé que grâce au frère Bernard, qui l'emmène dans son couvent. Il en sera finalement chassé et revient dans son château. Suite à cet épisode, il veut se confesser et un ermite l'envoie en pèlerinage à Rome, afin qu'il obtienne l'absolution du pape. Belin et Bernard se joignent à lui. Après bien des aventures, ils renoncent finalement à atteindre leur but.

Renart affronte deux fois Tibert. Plus tard, à Maupertuis toujours, Renart viole Fière, la Reine. Il est capturé, condamné à mort puis sauvé.

Noble et sa cour le poursuivent, mais Renart, en se faisant passer pour un jongleur, réussit à se venger d'Ysengrin et de Poincet (il fait d'ailleurs assassiner ce dernier, qui voulait séduire sa femme).

Renart s'installe sur les bords de l'Oise. Mais sa meule de foin est emportée par les eaux. Il rencontre le milan Hubert et lui avoue ses crimes, puis le dévore. Par la suite, il se joue d'Ysengrin, de Roonel, de Drouin, et tue Tardir, devenant ainsi gonfalonier (un porteur d'étendard) du roi à sa place. Noble finit par pardonner au goupil, qui l'a sauvé de la maladie.

Une promesse non tenue provoque l'asservissement de Liétart à Renart.

Le goupil affronte Bertaut après que ce dernier ait essayé de le capturer. Puis il rencontre Noble et Ysengrin et commet le meurtre d'un paysan après l'avoir outragé.

À la cour du roi Noble, tout le monde célèbre la défunte dame (poule) Coupée, qui a été tuée par Renart. Ce dernier joue aux échecs contre Ysengrin et perd tout ce qu'il possède. Même ses parties génitales sont clouées au jeu par le loup ! Il est si détruit par la douleur que l'on pense qu'il est mort. Mais après que le prêtre ait fait son éloge funèbre, Renart s'enfuit discrètement de ses propres funérailles...

Par la suite, le renard affronte Chantecler en combat singulier. Ce dernier le terrasse tellement que le goupil se fait passer pour mort pour s'en sortir. Une autre ruse renforce sa « carrière » : Renart fait croire qu'il a été enterré au pied d'une aubépine, dans une tombe qui porte son nom.

Groupe III

Renart se déguise en Chufflet pour tromper ses ennemis, alors qu'il est pourchassé par un chevalier. Il est sauvé par Grimbert.

Renart se venge ensuite d'Ysengrin, Brichemer et Chantecler, qui ont saccagé du blé. Mais il est à nouveau accusé et traîné en justice devant la cour royale. Cela entraine des péripéties jusqu'à Tolède...

Nous en apprenons plus sur ses origines et son comportement dans la branche XXIV. Jusqu'à la fin du groupe III, Renart ne cesse de jouer des tours à ceux qu'il rencontre, comme le prêtre Martin ou ses éternels ennemis.

III. PRÉSENTATION DES PERSONNAGES

Renart ou Renard

Renard, comme son nom l'indique, est un goupil, un terme qui désigne un renard au Moyen-âge. À l'époque, on écrit renard avec un « t », puis le nom évolue et prend un « d ». Le roman s'appelait d'ailleurs, à l'origine, *Renart le goupil,* ou encore *le goupiller.*

Renart correspond bien au stéréotype de son espèce, à savoir qu'il est très rusé, trompeur et intelligent, capable de toutes les manœuvres pour parvenir à ses fins.

Selon la manière dont on le conçoit et ses différentes actions, il apparaît comme un être odieux, mi-démon mi débauché, ou encore comme un justicier à l'intelligence très développée et aux beaux discours...

Il est donc bien le maître de la ruse. Son nom a plusieurs dérivés, tels que Raynart, Rainart, Rainard... selon les régions et les époques. En tout cas, son prénom a fini par créer un véritable substantif.

Ysengrin

On retrouve le Loup dans bien des épisodes du *Roman de Renart,* quels que soient l'ordre et le groupe choisis. Il apparaît comme l'antagoniste et ennemi constant de Renart, qui finit toujours par l'emporter.

Il faut dire qu'Ysengrin a des raisons d'en vouloir à Renart, qui a, de par le passé, « violé » sa femme, Hersent.

Noble

Le lion est le roi des animaux. Touché par une fièvre quarte, il est guéri par Renart. Leurs rapports sont ambivalents, car il sait lui pardonner comme il sait le condamner à mort pour rétablir justice auprès de sa cour...

Dame Fière

L'épouse du roi Noble est une lionne.

Tibert

On retrouve très souvent ce personnage dans l'œuvre : Tibert est un chat qui va souvent être entraîné dans des aventures avec Renart, qui s'oppose souvent à lui et le piège… mais lui aussi est capable d'être rusé !

Brun

Il est l'Ours de l'histoire, et son nom vient directement de la couleur de son pelage.

Grimbert

Grimbert est un blaireau cousin de Renart. Il n'hésite pas à le défendre lorsque ce dernier est attaqué.

Hermeline

Hermeline n'est autre que la femme de Renart, qui s'est déjà disputée avec Hersent dans le passé.

Hersent

La louve est l'épouse d'Ysengrin, et l'outrage que lui a fait subir Renart entretient la haine du loup à l'égard du goupil.

Tiécelin

Corbeau qui fait l'objet d'une ruse de Renart : ce dernier parvient à lui voler un fromage que lui-même vient de voler.

IV. PERSPECTIVES ANALYTIQUES

La ruse

La ruse est, en quelque sorte, le « ciment » de cette œuvre populaire dont l'ordre reste incertain. Renart, rappelons-le, est en permanence en quête nourriture, de vengeance ou de justice. Il peut mener ces quêtes seul ou avec des compagnons provisoires. En tout cas, il a quelque chose de rétrospectivement machiavélique, dans la mesure où la fin semble justifier tous les moyens.

Renart est donc le maître ès ruses, cet habile machinateur qui sait parfaitement manipuler la dissimulation, le déguisement, les beaux discours et le double langage. Non seulement il trompe souvent aisément ses victimes, mais en plus il les humilie régulièrement.

La ruse est le moteur de ces nombreux « gabs » qui alimentent le récit (ou, devrait-on dire, les récits). Un gab est une moquerie, une raillerie, une plaisanterie qui dans le cas de Renart tourne souvent court pour ses adversaires...

Renart, de par la ruse, est donc un personnage bien plus complexe qu'il n'y paraît. Il réagit promptement, s'adapte à chaque situation, allant même jusqu'à se faire passer pour mort si le besoin s'en fait sentir.

Mais surtout, sa ruse et son intelligence contrastent et donc soulignent la faiblesse et la bêtise de nombreux personnages de l'œuvre. La ruse n'est donc pas uniquement un instrument pour trouver de la nourriture (donc un besoin), mais aussi un élément clé du récit, quel qu'en soit l'auteur.

La construction d'ensemble

Nous avons présenté, dans notre résumé en quatre groupes, une seule interprétation, celle de Lucien Foulet, spécialiste du Roman et qui en a proposé une chronologie.

La réalité est que ce *Roman de Renart* a une structure, ou plutôt une absence de structure particulièrement complexe.

Selon les éditions et rééditions, l'ensemble de l'œuvre est composé de vingt-six « branches » environ, que plus de vingt auteurs ont écrites. La plupart d'entre eux sont anonymes, à l'exception notable de Pierre de Saint-Cloud, Richard de Lison et le prêtre de la Croix-en-Brie.

Ces branches vont d'une centaine de vers à plus de trois mille, et n'ont pas de chronologie ou de logique particulières, ce qui rend leur regroupement complètement théorique et basé sur des suppositions. Leur point commun est d'avoir Renart et ses ruses au centre des récits, et de se baser sur un monde propre à la fable antique, telle que développée par Ésope notamment. Le roman découle directement des récits traditionnels animaliers en latin, en particulier l'Ysengrimus.

Il n'y a donc pas un, mais des « romans de Renart ».

Chaque épisode attribue un nouveau rôle à Renart, ce qui permet une réécriture et des variations permanentes sur le même thème, tout en faisant référence à des mythes déjà anciens à l'époque de l'écriture.

Rappels, retours de personnages, rôles réendossés : le puzzle reste bien mystérieux...

Plusieurs critiques et auteurs ont relevé une dimension satirique dans l'œuvre, sans pour autant qu'elle débouche sur des messages nets. La justice, la vengeance, les différences sociales sont abordées, sans être toujours résolues clairement, ce qui n'enlève rien à la force de l'œuvre.

D'ailleurs, l'immense postérité de ce roman le rappelle, au cinéma, en littérature, dans la bande dessinée, à la télévision, au théâtre...

Dans la même collection en numérique

Les Misérables
Le messager d'Athènes
Candide
L'Etranger
Rhinocéros
Antigone
Le père Goriot
La Peste
Balzac et la petite tailleuse chinoise
Le Roi Arthur
L'Avare
Pierre et Jean
L'Homme qui a séduit le soleil
Alcools
L'Affaire Caïus
La gloire de mon père
L'Ordinatueur
Le médecin malgré lui
La rivière à l'envers - Tomek
Le Journal d'Anne Frank
Le monde perdu
Le royaume de Kensuké
Un Sac De Billes
Baby-sitter blues
Le fantôme de maître Guillemin
Trois contes
Kamo, l'agence Babel
Le Garçon en pyjama rayé
Les Contemplations

Escadrille 80

Inconnu à cette adresse

La controverse de Valladolid

Les Vilains petits canards

Une partie de campagne

Cahier d'un retour au pays natal

Dora Bruder

L'Enfant et la rivière

Moderato Cantabile

Alice au pays des merveilles

Le faucon déniché

Une vie

Chronique des Indiens Guayaki

Je voudrais que quelqu'un m'attende quelque part

La nuit de Valognes

Œdipe

Disparition Programmée

Education européenne

L'auberge rouge

L'Illiade

Le voyage de Monsieur Perrichon

Lucrèce Borgia

Paul et Virginie

Ursule Mirouët

Discours sur les fondements de l'inégalité

L'adversaire

La petite Fadette

La prochaine fois

Le blé en herbe

Le Mystère de la Chambre Jaune

Les Hauts des Hurlevent

Les perses

Mondo et autres histoires

Vingt mille lieues sous les mers

99 francs

Arria Marcella

Chante Luna

Emile, ou de l'éducation
Histoires extraordinaires
L'homme invisible
La bibliothécaire
La cicatrice
La croix des pauvres
La fille du capitaine
Le Crime de l'Orient-Express
Le Faucon malté
Le hussard sur le toit
Le Livre dont vous êtes la victime
Les cinq écus de Bretagne
No pasarán, le jeu
Quand j'avais cinq ans je m'ai tué
Si tu veux être mon amie
Tristan et Iseult
Une bouteille dans la mer de Gaza
Cent ans de solitude
Contes à l'envers
Contes et nouvelles en vers
Dalva
Jean de Florette
L'homme qui voulait être heureux
L'île mystérieuse
La Dame aux camélias
La petite sirène
La planète des singes
La Religieuse
1984 A l'Ouest rien de nouveau
Aliocha
Andromaque
Au bonheur des dames
Bel ami
Bérénice
Caligula
Cannibale
Carmen

Chronique d'une mort annoncée
Contes des frères Grimm
Cyrano de Bergerac
Des souris et des hommes
Deux ans de vacances
Dom Juan
Electre
En attendant Godot
Enfance
Eugénie Grandet
Fahrenheit 451
Fin de partie
Frankenstein
Gargantua
Germinal
Hamlet
Horace
Huis Clos
Jacques le fataliste
Jane Eyre
Knock
L'homme qui rit
La Bête humaine
La Cantatrice Chauve
La chartreuse de Parme
La cousine Bette
La Curée
La Farce de Maitre Pathelin
La ferme des animaux
La guerre de Troie n'aura pas lieu
La leçon
La Machine Infernale
La métamorphose
La mort du roi Tsongor
La nuit des temps
La nuit du renard
La Parure

La peau de chagrin
La Petite Fille de Monsieur Linh
La Photo qui tue
La Plage d'Ostende
La princesse de Clèves
La promesse de l'aube
La Vénus d'Ille
La vie devant soi
L'alchimiste
L'Amant
L'Ami retrouvé
L'appel de la forêt
L'assassin habite au 21
L'assommoir
L'attentat
L'attrape-coeurs
Le Bal
Le Barbier de Séville
Le Bourgeois Gentilhomme
Le Capitaine Fracasse
Le chat noir
Le chien des Baskerville
Le Cid
Le Colonel Chabert
Le Comte de Monte-Cristo
Le dernier jour d'un condamné
Le diable au corps
Le Grand Meaulnes
Le Grand Troupeau
Le Horla
Le jeu de l'amour et du hasard
Le Joueur d'échecs
Le Lion
Le liseur
Le malade imaginaire
Le Mariage de Figaro
Le meilleur des mondes

Le Monde comme il va

Le Parfum

Le Passeur

Le Petit Prince

Le pianiste

Le Prince

Le Roman de la momie

Le Roman de Renart

Le Rouge et le Noir

Le Soleil des Scortas

Le Tartuffe

Le vieux qui lisait des romans d'amour

L'Ecole des Femmes

L'Ecume Des Jours

Les Bonnes

Les Caprices de Marianne

Les cerfs-volants de Kaboul

Les contes de la Bécasse

Les dix petits nègres

Les femmes savantes

Les fourberies de Scapin

Les Justes

Les Lettres Persanes

Les liaisons dangereuses

Les Métamorphoses

Les Mouches

Les Trois mousquetaires

L'étrange cas du Dr Jekyll et de Mr Hyde

L'Ile Au Trésor

L'île des esclaves

L'illusion comique

L'Ingénu

L'Odyssée

L'Ombre du vent

Lorenzaccio

Madame Bovary

Manon Lescaut

Micromégas

Mon ami Frédéric

Mon bel oranger

Nana

Ne tirez pas sur l'oiseau moqueur

Notre-Dame de Paris

Oliver twist

On ne badine pas avec l'amour

Oscar et la dame rose

Pantagruel

Le Misanthrope

Perceval ou le conte du Graal

Phèdre

Ravage

Roméo et Juliette

Ruy Blas

Sa Majesté des Mouches

Si c'est un homme

Stupeur et tremblements

Supplément au voyage de Bougainville

Tanguy

Thérèse Desqueyroux

Thérèse Raquin

Ubu Roi

Un Barrage contre le Pacifique

Un long dimanche de fiançailles

Un secret

Vendredi ou la vie sauvage

Vipère au poing

Voyage au bout de la nuit

Voyage au centre de la terre

Yvain ou le Chevalier au lion

Zadig

À propos de la collection

La série FichesdeLecture.com offre des contenus éducatifs aux étudiants et aux professeurs tels que : des résumés, des analyses littéraires, des questionnaires et des commentaires sur la littérature moderne et classique. Nos documents sont prévus comme des compléments à la lecture des oeuvres originales et aide les étudiants à comprendre la littérature.

Fondé en 2001, notre site FichesdeLectures.com s'est développé très rapidement et propose désormais plus de 2500 documents directement téléchargeables en ligne, devenant ainsi le premier site d'analyses littéraires en ligne de langue française.

FichesdeLecture est partenaire du Ministère de l'Education du Luxembourg depuis 2009.

Plus d'informations sur www.fichesdelecture.com

ISBN: 978-2-511-02871-1

Notes :